LA DÉMAGOGIE

EN VOYAGE,

POÈME EN UN SEUL CHANT,

ORNÉ D'UNE LITHOGRAPHIE;

ET SUIVI D'UNE

ÉPITRE A M. MICHAUD,

ACADÉMICIEN;

PAR JEAN BOUCHE-D'OR.

D'autres font des vers par étude,
J'en fais pour me désennuyer.
GRESSET.

Prix : 1 franc.

A PARIS,

LEVAVASSEUR, LIBRAIRE, AU PALAIS-ROYAL;
DENTU, LIBRAIRE, AU PALAIS-ROYAL;
DELANGLE, LIBRAIRE, PLACE DE LA BOURSE.

1830.

Imprimerie de FÉLIX LOCQUIN, rue Notre-Dame-des-Victoires, n° 16.

LA DÉMAGOGIE

LE VOYAGE

CHARLES A. DE MIGRAND

À PARIS

Vive L'ordre Legal
Lith. de l'h. Delarue

LA DÉMAGOGIE

EN VOYAGE,

POÈME EN UN SEUL CHANT,

ORNÉ D'UNE LITHOGRAPHIE;

ET SUIVI D'UNE

ÉPITRE A M. MICHAUD,

ACADÉMICIEN.

PAR JEAN BOUCHE-D'OR.

D'autres font des vers par étude,
J'en fais pour me désennuyer.
GRESSET.

A PARIS,

LEVAVASSEUR, LIBRAIRE, AU PALAIS-ROYAL;
DENTU, LIBRAIRE, AU PALAIS-ROYAL;
DELANGLE, LIBRAIRE, PLACE DE LA BOURSE.

1830.

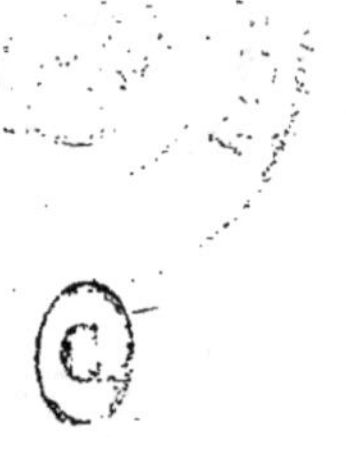

IMPRIMERIE DE FÉLIX LOCQUIN,

rue Notre-Dame-des-Victoires, n° 16.

PRÉFACE.

Nous avions d'abord, sur ce fameux voyage, fait un poëme en quatre chants; mais pensant comme Gresset,

Que trop de vers entraînent trop d'ennui,

nous nous sommes empressé de les réduire en un seul, autant pour ne pas abuser de la patience de nos lecteurs, que pour offrir le moins de prise possible à la critique. Que de productions littéraires, ainsi réduites, acquerraient de prix et de valeur!

LA DÉMAGOGIE

EN VOYAGE.

O TOI, sublime auteur, dont la muse immortelle
Tira de ses débris une sainte chapelle,
Qui si bien sus railler, sans offenser le ciel,
Un prélat orgueilleux, un chantre plein de fiel;
Toi, dont les vers plaisans ont relevé la gloire
D'un chapitre, sans eux perdu pour notre histoire,
Du feu de ton génie enflamme mes accens,
Et d'un novice auteur daigne accepter l'encens:
De Gilles tricolor je chante le voyage,
La Peyrouse cadet, dont le noble courage
Et les mâles vertus seront vainqueurs du temps.
Fameux navigateurs, vos succès éclatans
Dans des climats lointains, vos courses périlleuses
Autour de l'univers, sur des mers orageuses,
Ont pour moi mille attraits; trop heureux qui vous lit!
Mais près de mon héros votre étoile pâlit.
Muse, pour un sujet si grand, si difficile,
Songe qu'il te faudrait la lyre de Virgile,
Et fière d'entreprendre un travail aussi beau,
Inspire-moi les vers d'Horace ou de Boileau.

Comme au siècle d'Auguste, un général d'armée,
Favori du dieu Mars et de la Renommée,
Sur un char de triomphe, au comble des honneurs,
Entrait au Capitole entouré de licteurs ;
De même nous verrons sur les bords de la Seine
L'Ajax des libéraux, éclatant phénomène,
Succombant sous le poids des lauriers du Midi,
Étaler à nos yeux un triomphe inouï.
France, réjouis-toi, le vainqueur des deux mondes
Enfin a terminé ses courses vagabondes !
A chanter son retour, consacrons tous, nos vers !
Qu'un salpêtre enflammé l'annonce à l'univers !
Peintres, pour l'illustrer, apprêtez vos palettes ;
Artistes du Pont-Neuf, dansez sur vos sellettes !
Et vous, augustes chefs de ce grand comité,
Siége de la révolte, et par elle enfanté,
Pour tenir en échec tous les Rois de la terre,
Et réduire à zéro Charle et son ministère,
A ce fougueux tribun à jamais immortel,
Sur l'ancienne Bastille élevez un autel ;
Qu'une médaille d'or soit donnée en offrande
A ce bouillant Gracchus, avec cette légende :
« Au Roi des boutiquiers qui, pour les jacobins,
» A jeté son bonnet par-dessus les moulins. »
Qui d'honneurs envers lui pourrait paraître sobre,
Sans faire le procès au cinq et six octobre,
Au drame de Varenne, et sans blesser au cœur
De ces illustres faits l'impérissable auteur !
Si quelque esprit, jaloux de l'ivresse publique,
Refusait d'accorder la couronne civique

A ce grand citoyen, la fleur des libéraux,
Vengeur de cet affront fait à notre héros,
Apollon, prête-moi des vers doux et faciles,
Pour peindre les honneurs qu'il reçut dans nos villes !

Quel prince voyageur, de son peuple adoré,
Recueillit plus d'encens que ce vieux fédéré,
Fit naître sur ses pas de plus brillantes fêtes,
Et donna plus de fil à retordre aux gazettes ?
Semblable dans sa course à l'astre radieux
Qui donne les beaux jours, en charmant tous les yeux,
Ce vertueux Brutus, couché dans sa litière,
Que six manans soldés traînaient dans la poussière,
Moissonnant les lauriers d'un vrai triomphateur,
Semait autour de lui les germes du bonheur.
Le bruit en a couru ; tout pauvre en sa présence
Oubliait sa besace et narguait l'indigence ;
Le dernier des soldats, dès qu'il touchait son char,
Se croyait aussitôt un Achille, un César ;
Pour courir, les boiteux jetaient là leurs béquilles ;
Jeunes garçons, vieillards, enfans, femmes et filles,
Sortaient de leurs maisons, escaladaient les toits,
Pour contempler le front du singe de nos Rois.
Tels éblouis des feux d'un brillant météore
Qui sillonne le ciel long-temps avant l'aurore,
Nombre de villageois, troublés dans leur sommeil,
Quittent leurs lits pour voir ce rival du soleil.

Si je voulais fixer, dans mon ardeur d'écrire,
Le nombre de banquets dont ces jours de délire

Ont été les témoins, j'aurais plutôt compté
Les gerbes que Cérès moissonne dans l'été.
Muse, dis-moi, comment matin et soir à table,
Et d'éternels dîners convive infatigable,
Ce Mars américain, sans perdre un coup de dents,
A-t-il pu triompher des mets les plus friands?
Devant tant de festins, un Hercule à sa place,
Un ogre, un limousin aurait demandé grâce;
La truffe, le faisan, et le plus fin pâté,
N'ont donc pas fait broncher sa robuste santé!
Que sert dans ces climats l'art de la médecine?
Quels sujets de chagrins pour la gente assassine,
Si de tant d'ambigus, de vins si succulens,
Il n'est pas résulté d'appel à leurs talens,
Et si tous les excès de la gastronomie
N'ont été couronnés d'aucune apoplexie!
Moins heureux fut Ver-Vert! trop chéri, trop fêté,
L'oiseau dès son printemps vit les bords du Léthé.
Le ciel en soit béni : pour mon héros la France
N'a point à regretter cette funeste chance ;
Tout le Midi l'a vu des festins les plus chauds
Sortir l'estomac plein, l'esprit libre et dispos.
Mais comme de Lyon la glorieuse ville
Dans ces jours s'est montrée en galats plus fertile,
Dût-on nous plaisanter, nous traiter de benêts,
Répétons tous en chœur : Vivent les Lyonnais !
Vive un démolisseur de l'antique Bastille,
En voyage escorté de héros en guenille,
Et se croyant l'égal du plus grand des Césars,
Par vingt lauriers conquis sur mille Savoyards!

ÉPITRE

A M. MICHAUD,

ACADÉMICIEN.

Toi qui reçus du Ciel, avec une âme ardente,
D'un vif amour du bien la qualité brillante,
Et qu'on voit allier aux vertus de Caton
    Le sel, l'esprit, le goût de Cicéron;
Intrépide ennemi de nos cerveaux malades,
De ces ligueurs fougueux, de ces grands libéraux
Qui rêvent le bonheur dans le sein du chaos,
    Chantre immortel de nos saintes croisades,
        A cet essai léger
        D'un rimeur téméraire,
Daigne accorder ton appui tutélaire,
    Et d'un regard le protéger.

Ah ! si le Ciel, de la plume divine
D'un Delille, ou d'un Lamartine,
M'avait fait don, je pourrais des neuf Sœurs,
Encouragé par toi, postuler les faveurs,
Et même sans audace,
Du bruit de mes travaux fatiguer le Parnasse :
Faibles roseaux, mes vers, par les vents agités,
Sous ton nom vivraient abrités,
Et des censeurs pourraient braver l'orage ;
Tout leur succès dépend de ton noble suffrage.
Dans ce siècle où de toutes parts
On voit jusque dans les chaumières,
Encenser les beaux arts,
Et le Dieu des lumières,
Irais-je, auteur novice, et sans talent,
De tous nos beaux esprits braver le persiflage
Sans un Mécène, un Apollon puissant !
Mais, diras-tu, de mon suffrage
Il me faut un garant.
Nomme-moi donc l'ouvrage
Par ta plume enfanté,
Qui du public ait obtenu l'hommage,
Et sur l'Hélicon soit vanté.
Peut-être es-tu rédacteur somnifère
De quelque insipide journal,
Dont l'esprit infernal
Ne respectant rien sur la terre,
Au bon sens, comme à Dieu, fait tous les jours la guerre.
Réponds : Quels sont les sujets favoris
De tes travaux, de tes écrits ?

Hélas ! je suis un pauvre hère
Sur l'Hélicon abandonné ;
Mon front d'un laurier littéraire
N'a jamais été couronné ;
Triste bâtard des Muses,
Parmi des villageois sans ruses,
Pour qui Cérès tient ses trésors ouverts,
Dans un site sauvage, où l'on se rit des vers
Qu'enfante le Permesse
Et que vomit la presse,
Poète par hasard,
Ami de Chaulieu, de Panard,
Je me plais à glaner sur les riantes traces
De ces charmans peintres des Grâces.
J'entends : faible miroir de ces Anacréons,
Chers au Dieu du bachique empire,
Monsieur, nouveau Tibulle, au milieu des vallons,
Se plaît sur une lyre
A soupirer tendres vers et chansons.
De ton brillant esprit voilà donc les merveilles,
Et les nobles sujets de tes sublimes veilles !
De fades madrigaux pour une jeune Iris,
L'éloge en bouts rimés d'un moderne Pâris :
Ta muse ainsi voluptueuse et tendre,
Du langoureux Dorat dont l'Apollon jadis
Expira de tendresse aux pieds de cent Laïs ;
Voudrait-elle exhumer la cendre ?
Ou bien copiste vil du libertin Grécour,
Ennemi déhonté de la pudeur des Grâces,
Et peintre dégoûtant du plus obscène amour,

Te verrons-nous marcher sur ses infâmes traces,
Dans des petits vers plats et grossiers tour à tour?
Écoute mes conseils; si ton destin t'entraîne
   A boire encor des eaux de l'Hippocrène,
   Pour ennoblir, s'il se peut, tes travaux,
Garde-toi de choisir au boudoir tes héros;
N'imite pas surtout ce frondeur intrépide
De tout le genre humain, célèbre par le fiel
Qu'à grands flots il versa sur le trône et l'autel,
      Connu pour un Alcide
      Dans l'empire de la chanson,
      Et la muse la moins timide
      De l'Hélicon.

Ah! condamnons au feu ses profanes maximes;
C'est nous vendre trop cher la beauté de ses rimes!
Qui médit d'un bon Roi, qui se moque des Cieux,
Quel que soit son talent, est horrible à mes yeux.
Puisque sur le Permesse un Dieu puissant t'appelle,
     Prends Juvénal ou Boileau pour modèle;
Livre au mépris public ces rédacteurs fameux
De mémoires secrets, qui sous des noms pompeux,
Impudens narrateurs d'une apocryphe histoire,
     Pour diffamer leurs ennemis,
Et de lauriers menteurs accabler leurs amis,
Font un honteux trafic d'injures et de gloire.
Démasque sans pitié ces valets parvenus,
     Au monde tout exprès venus,
     Pour dégoûter de la richesse,
Étaler au grand jour le prix de la bassesse,
Et sur des monceaux d'or par la fraude obtenus,

Vils détracteurs de la sagesse,
Prêcher insolemment le mépris des vertus.
Signale avec l'accent d'un malin persiflage
Ces fougueux orateurs d'un noble aréopage
    Qu'on vit en habits de Solon
Traverser tout Paris dans un riche équipage,
   Pour déposer un scandaleux hommage
    A la porte d'une prison,
Aux pieds d'un chansonnier, dont la muse en délire
Aux gages d'un faquin, vomit tous les deux mois
    Une dégoûtante satire
    Contre Dieu, contre les Rois.
Sous les sifflets poursuis dans ta noble carrière
Ces Brutus moribonds, cousins de Robespière,
     Anciens pivots
    De notre république,
  Vivant du fruit des plus lâches travaux
    Au sein d'un luxe asiatique,
Jadis spoliateurs des palais de nos grands,
Et du prince aujourd'hui plats et vils courtisans,
  Tyrans obscurs de trente domestiques,
   Dont l'insolence fait pitié,
Et, traînés mollement dans des chars élastiques,
   Écrasent l'honnête homme à pié.
Peins-nous en vers plaisans ce petit gentillâtre
  Noble d'hier, tranchant du grand seigneur,
Quoique exhalant encor autour de lui l'odeur
  Du vieux manteau de pâtre
Que jadis il portait, bon villageois tout rond,
Et que l'on vit naguère, à force de courbettes,

Changer brebis , chiens et boulettes
Contre le titre de baron.
Enfin , vengeur de la sottise ,
Et défenseur ardent de tous les potentats ,
Que tes crayons n'épargnent pas
Ce diplomate à barbe grise ,
Qui gouverne en dînant leur peuple et leurs États ,
Discute dans un punch les droits de leurs couronnes ,
Prenant son chocolat , dispose de leurs trônes ,
Aux Grecs , dont il se dit tuteur ,
Impose Charles X pour puissant protecteur ;
Dans un transport de gaîté despotique ,
Transformant Bolivar
En singe de César ,
De son plein gré le nomme empereur du Mexique ;
Pour plonger Ferdinand dans un danger nouveau ,
Lui prédit le retour d'un second Riego ;
Ennemi déclaré de toute monarchie ,
Fait cadeau d'une charte aux serfs de la Russie ;
Par un arrêt burlesque , et peu sentimental ,
Reléguant don Miguel dans une colonie ,
Ou l'exilant au fond d'un hôpital ,
Au Gilblas Saldanha livre le Portugal.
Voilà par quels essais ta muse , sans scrupule ,
Au piloris du ridicule
Doit attacher tout fat impertinent ,
Et sous les coups de ta férule ,
Immoler dans un vers sanglant
Tous nos originaux , et le vice insolent.
Laisse chanter Paphos et ses déesses

A ces auteurs musqués, dont les galans écrits,
Tracés sur les genoux de vingt fausses Lucrèces,
N'épargnent la pudeur ni le front des maris;
Honore-toi plutôt, aux bonnes mœurs utile,
Dans les champs de l'erreur de distiller ta bile;
Dans tes vers, où tout sot doit être combattu,
Que ton âme du bien soit constamment éprise;
En un mot, montre-toi l'ami de la vertu,
 Et l'ennemi de la sottise:
Alors on te verra, fêté sur l'Hélicon,
Obtenir mon suffrage et celui d'Apollon.

FIN.